LES

RÉFLEXIONS

D'UN

OUVRIER

SUR

LA POSITION HUMAINE ET SOCIALE,

EN VERS PROVENÇAUX,

Par J.-B. CAILLAT,

SERRURIER A BERRE.

MARSEILLE.
Imprimerie Jn CLAPPIER, rue St-Ferréol, 27.

—

1850

LES

RÉFLEXIENS

D'UN

OUVRIER

SUR

LA POUSITIEN HUMAINO ET SOUCIALO,

EN VERS PROUVENÇAOUS,

dédiados

A MOUSSU CASTILLOUN,

Chivalier dé la Légien-d'Hounour, Coumandant dé la Gardo Natiounalo dé Berro.

MARSEILLE.

Imprimcric Jʰ CLAPPIER, ruc St-Ferréol, **27.**

1850

DÉDICAÇO.

D'un ben simple ouvrier, senso talent pécaïré,
Vougués ben acceptar leis vers qu'a pousqu faïré ;
Tu qué sabés jugear la rimo et la raisoun,
Leis mettras dé cousta sé sount pas dé saisoun.
Bessaï qué troubaras qu'aï fouesso trooup d'ooudıáço,
Quand vouéli dé toun noum orna sa dédicaço ;
Despuis lou premier jour qué leis aï entréprés,
L'aviou coumpta dessus per li dounar dé pés.

Qu'es huroux l'ouvrier qu'uno eonduito hounesto
Fa qué poou marchar fier, en rélévant la testo ;
Qué gagno, en trabaïant, tout cé qu'a dé bésoun,
Et qu'un marri counséou troublo pas sa résoun.

LEIS RÉFLEXIENS

D'UN OUVRIER

SUR

La Pousitien Humaino et Soucialo.

Leis révoulutiens, dé tout temps nous fant veïré,
Cé qué jamaï dégun oourié pousqu si creïré.
Seis ooutours, va sabès, sont toujours d'intrigants
Qué cerquoun lou mouyen per si rempli leis mans.
Creidoun : la liberta, per lou bouenhur doou poplé !
Vouéloun, per la plaçar, largeo baso, fouar soclé,
Et, per li parveni, troboun pas dé lévier,
Qué siégué plus puissant qué lou bras de l'ouvrier.
Aduas vouestré, sécours, li dien, seren bouen fraïré,
Es per vouestré proufit tout cé qué voulen faïré ;
Dessus vouestr'aveni siéguès pas ren chagrin,
Veirés nouestreis proujets qué marcharan bouen trin ;
Foou qué din paou dé jours faguen vouestro fortuno,
Per uno égalo part oouren bourso coumuno ;

Mangeares jamaï plus lou pan senso fricot,
Enfin, quand va voudres, mettres la poulo oou pôt.
Vous laissés pas troumpa, per seis bellos proumessos,
Es per ellis soulets qué vouelont leis richessos;
Lou moument qué creirés que vous rendran huroux,
Sé vous dounoun un uou, vous li bouffoun lou roux.
Vous fes pas illusien, soun proujet sé dévino,
Voudrien doou paouré ouvrier n'en faïré sa machino;
Et puis, senso piéta, quand si sount servi d'éou,
Sé demando dé pan, léou li viroun lou cuou.
Diguas-li fermament qué sias pas d'imbécillé,
Qué lou plus grand bouenhur es dé viouré tranquillé;
Qu'aimas maï, chaqué jour, dedins un atélier,
Gagnar dé qué mangear, d'un trabaï régulier.
Ren dé plus dangeiroux, qué dé courré la chanço,
Quand voulés vous fisar sur la fouélo espéranço
Qué vous dounoun toujours aquellis impousteurs,
Qu'a per soun résultat dé terribles malheurs.
Aves davant leis hueils leis funestos journados,
Leis crimes qu'ant coumés, dernier leis barricados.
Aqui ses vis d'ouvriers, d'uno boueno intentien,
Que sé li sount trouvas fauto dé réflexien.
Vésien, dé tout cousta, de réprés de justici,
La terrour doou pays et la sourço doou vici,
Méla toutis ensem, coumo dé grands vauriens,
Sé dounavoun la man, émé dé galériens.
Et deis atroucità, coumesso en sa présenço,
Foussoun coupable ou noun, n'en paguount l'imprudenço;
Ména dins dé cachots, hountoux de confusien,
Pensavount, maï trooup tard, dessus sa pousitien.

Avient l'esprit troubla dé la grando infamio,
Qu'anavoun fa pésar sur sa paouro famio.
Quoiqué fouesso accabla d'aquello réflexien,
Vésien venir lou jour dé la déportatien.
Errour, ben grande errour, ò marrido pensado !
Siés la caouso qué vien sa jouinesso exilado ;
Lorsqué, per soun trabail, éround countents et fiers,
Foou qué quittoun subran tout cé qu'ant dé plus chier.
Lou tabléou es frappant, et la liçoun ben fouarto,
Per creiré cé qué dient, vias mount'acot vous pouarto.
Dins un soulet moument l'on poou perdré l'hounour.
Qué quand viouria cent ans, veïria plus soun retour.
Ouvriers, mesprésas-leis, leis marridos doctrinos
Qu'engeançoun tant dé fés dé ménados mesquinos ;
Aquéou qué penso ben, poou n'estré qu'endigna,
Sé li perdé toujours, senso pousqué gagna,
Coumbattes em'ardour l'affrounteur utopisto,
Qué, per seis faoux escrits, vous poursuivé à la pisto ;
Vous leis metté tant clar, qué semblount bouen et béou,
Dins l'espouar qué quoouqu'un douné dins lou panéou,
Prêchoun toutis leis jours la guerro sur lou riché,
Afin qué contro d'éou chasqué paouré s'entiché ;
Vouelon, li dien surtout, fairé sang de nouveou,
Et dessus tout cé qu'an li passa lou rastéou.
Aquéou raisounament poou flattar la crésenço,
D'aquéou qué per malhur, n'a pas d'intelligenço ;
Sé, per fes, un taou plan fixo soun attentien,
Penso la nuech, lou jour, qu'a soun exécutien.
Per éou ren es plus clar, crei pas qué siégué un conté,
Soun esprit de travers a déja fach soun compté ;

Et li vias prouménar seis regards envégeoux,
Sur toutis leis objets qué lou rendoun jaloux.
Quand doou riché surtout vis passar la voituro,
Li semblo déja sieou, dé luen prend la mesuro ;
Séraï fouesso countent, dich, quand vendra lou jour,
Qué dé pousqué jouir, coumençara moun tour.
Vaï ! t'espragnaraï pas, tu qué mi fas tant lèguo,
Foou qué doou plus mandian ti végui lou coullèguo ;
Fourra touteis leis jours qué ti lèvés matin,
Per gagnar trento soous, qué n'en via léou la fin !
Qu'arribé lou moument per qué ti fagui raflé,
Sé va réprénès maï, sera ben per miraclé.
Per venir m'aborda fourra qu'aguès dé couar,
Vo qué siéguès ooument cinquanto coous plus fouar.
Lou compté sériébouen, maï lou mouyen extrêmo,
Per lou faïré, dégun cerquarié pas barêmo ;
A pas ren lou dégoux, maï dé tout cé qué voou
Qu'u compto avant son tour, coumpto maï qué d'un coou.
Creiriès tout bouanament, sé lou cas arribavo,
Qué per tout arrapar, troubariés pas d'entravo ;
Aquéou qu'attaquariés, bessaï qué jusqu'oou bout,
Jugarié, senso poou, lou tout contro lou tout.
Supousen un moument, per lou cas qué si paouso,
Qué senso ooupousitien aguessès gain de caouso,
Qué prenguessès soun ben, tout cé qu'a dins l'oustaou,
Qué l'aguessès réduit enfin à l'hespitaou.
Alors ta pousitien changarié léou dé faço ;
Cerquariès leis hounours, dins ta nouvello plaço,
Voudriès, per prouménar voituro à dous chivaoux,
Counduits per un couchier, qué foussoun ben égaoux ;

Ti réfusariès ren, per jouir dé la vido,
T'anariès prouménar, per fés, à la bastido.
Soouriés, dins paou dé jours, ben faïré lou rentier,
Senso aver trabaïa per saoupré lou mestier.
Maï, sé dins lou moument qué siès dins l'opulanço,
Qué poulardo et capoun ti remplissoun la panso,
Un pilhar coumo tu, terriblé fouar à bras,
Ti mettessé subran dins lou mêmé embarras,
D'aquéou qué l'aoutré jour as voula la fortuno,
Ti créiriès tout d'un cooup descargua dé la luno,
Cépandant lou luroun, trooup jaloux de toun trin,
Qu'oourié dins soun esprit dé n'en veiré la fin,
Cerquarié lou mouyen per ti fa la cambetto.
Sé lou vésiès véni ti faïré plaço netto,
Ti battriès coumo un chin ; tu qué ti crèsés fouar,
Bessaï perdriés lou ben et troubariés la mouar.
Un troisièmé, tamben, pourrié prendré couragi,
Per voulé d'aquéou ben lou tout vo lou partagi ;
N'en finirien jamaï, per aquéou vol d'abus,
Veïrian toutis leis jours coumbattré fouesso gus.
Per la même ooucasien, s'uno cavo risiblo,
Dins lou temps, mounté sian, dévenguessé poussiblo,
Qu'un hommé maou basti, tout diformé, giboux,
D'un hommé qu'és ben fach, dévenguessé jaloux,
Jaloux jusqu'à n'un point dé li levar la vido ;
Sé n'en fasié pas mens laïdo contro poulido,
Aquéou qué li vis pas, contro qu'u li vis ben,
Enfin qu'a toujours maou contro qu'a jamaï ren,
Pourrian diré es lou temps de la tristo existanço ;
Nouesteis jours dépendrien qué d'uno extravaganço.

Dé la man d'un jaloux, fuguessian faiblé ou fouar,
A touteis leis instants, rédoutarian la mouar.
Davant cé qué Diou fa, fen nouesto révéranço ,
Dins chasquo pousitien dounen li counfianço ,
Eou soulet guido tout , lou bouen et lou mechant,
Quand voout, dins un clin-d'hueil, dispareissé à l'instant.
S'enclinen humblament dins la vicissitudo,
Chassen, quand va pourren, la marrido habitudo ;
Senso nous arrestar, fen la guerro eis défaoux,
En aquellis surtout qué sount deis capitaoux.
Vouéli pas dins meis vers leis passar sous silanço,
Foout qué tiri parti d'aquesto circounstanço ;
Diraï, franc coumo l'or, après la réflexien,
Cé qué pourraï pensar, en fent sa descriptien.

L'IBROUIGNO.

En parlant deis défaoux, sé parti per l'ibrouïgno,
Qué dégun crésé pas qu'es per li fa vergouïgno;
Toutis meis expressiens, qué siégoun ben vo maou,
Vouèli leis appliquar qu'en termé généraou.
L'ibrouïgno, lou premier, quand coumenço de boiro,
Doou vin quand fa l'excès, per éou semblo uno gloiro,
Crigné pas la coulour, siégué rougé ou claret,
S'attaquo senso poou, quand es oou cabaret.
N'en buourié jour et nuech, piré qu'un franc bouen drilho,
Resto toujours planta tant drech coum'uno quilho,
Et per un chant jouyoux rendé graci à Bacchus,
Qué li douno secour, per avalar soun jus.
Maï lou temps réduit tout, et quand l'âgi s'avanço,

Soun ventré l'oouffré plus la mèmo résistanço ;
Un pichoun goubelet, doou vieil, vo doou nouveou,
Quand l'approcho doou nas li troublo lou cerveou ;
Seis membres sount tremblants, et souvent pas ben libré,
D'un pichoun mouvament perdé soun équilibré;
Quand sé trobe en camin, qué bouffo lou mistraou,
Sé s'appountavo pas toumbarié dé soun haou.
Poou plus coumptar per ren, n'a plus gaïré dé voyo,
Seis hueils sur lou marqua semblount borda d'anchoyo ,
La crapulo lou prend, s'empéguo à chaque instant,
Sa tristo pousitien fa riré lou passant.

DEIS FRUMOS.

Sé lou défaou dou vin a soun incouvénien,
N'a d'aoutrés qué tamben fixoun moun attentien ;
Vouéli parla d'aquéou qué souvent nous allumos,
Et noun forço, per fès, dé coussejha leis frumos;
Crési pas qué dégun vougué mi countesta
Qué ruino maï d'un coou la bourso et la santa.
Es clar coumo lou jour, qué coumo vent noun passo ;
Qu'un aoutré plus jouven vent prendré nouesto plaço ;
Maï quand, per l'espérar, traversan aquéou temps,
Leis cancans manquount pas, per occupar leis gens.
Un coumerço parié troublo nouesté meïnagi,
La frémo, leis enfants, chacun fa soun ramagi ;
Quand per certain mouyen calmas pas soun chagrin,
Crégnès lou résultat d'uno péniblo fin.
L'amitié per quoouqu'un es cavo naturello,
Evitens cépendant qu'engendré la quérello ;

L'amour qué ven doou couar a fouesso maï dé près
Qu'aqu'éou qué nous pareï guida per l'intérès.
L'homé, qu'es avugla, es aqui qué s'encalo,
Quand a jamaï sachu qu'en règlo génóralo,
Uno frumo, qu'aimas, qué pagas touïs leis jours,
A d'aoutrès manquo pas d'accordar seis favours.

DOOU JUÉ.

Et tu couquin dé jué qué caousés tant dé pénos,
Qué fas bouilli lou sang tant dé fés din leis vénos;
Coumo pourra sorti dé moun paouré cervéou,
L'expressien qu'aï bésoun per faïré moun tabléou ?
Mi fourrié dé Bellot la mémoiro fertilo,
Soun talent couneissu et soun élégant stylo,
Per diré cé qué sieis : seri dins aqueou cas,
Alors crégniriou plus lou trooup grand embarras.
Malhéroux jugadou ! ta pousitien affligeo,
Es dins toun tristé sort qu'un sant dévé m'ooubligeo
Dé ti pouargé la man, per un sagé counséou,
Per qué ti poussés luen d'aquéou terriblé fléou.
Dé nouestro souciéta lou jué n'en fa la hounto,
N'en vian cent qu'a ruina, pas un si li rémounto.
Qu'u va prendré sa part oou tour d'un tapis vert,
Dins un soulet moument, n'a plus soun hueil dubert ;
Soun esprit penso plus, sa testo l'abandouno,
Dé fés, si crei l'ami d'aquéou qué lou fripouno.
Pas un deis jugadous soou juga soun argen
Senso qué vagué aprés à seis frès et despen.
Dins aquellis tripots perdès la counfianç,

Souvent un avéni d'uno bello espéranço.
Lou jué rassemblo tout : l'imbécillé, lou fin,
La dupo, lou fripoun, lou vouleur, l'assassin.
Aquéou qu'a tout perdu, qu'a plus gés dé ressourço,
Quand per lou sécouri dégun durbé sa bourso ,
Arma, doou désespouar, d'un pouégnar assassin,
Courré cerqua d'argen dessus d'un grand camin.
Vaqui lou mari pas qué lou méno à l'abimé ;
Un crimé es lou vésin d'un aoutré plus grand crimé.
Quand sa tramblanto man si trempo dins lou sang,
Alors rédouto plus lou titré dé brigand.
Luen dé la souciéta, dé répairo en répairo,
Va cerqua lou moument qué lou méno en galèro ,
Vo ben qué l'échafaou fagué finir dé jours
Qué li rendlount pésants seis crimés, seis hourrours.

DOOU LUXO.

Vouéli, tout en passant, vous faïré la pinturo
Doou sexo féminin, dé sa grando paruro.
Aoutant qué va pourraï, guida per lou bouen sens,
Trataraï lou sujet à la haoutour doou temps.
Diraï tout, senso féou, dins moun pichoun ouvragi,
Per faïra ressorti la perto et l'avantagi.
Oou lué dé critiqua lou sexo d'aujourd'hui,
Dins maï d'une ooucasioun li serviraï d'appui.
Siou countent quand li viou counvénablo éléganço :
Sur d'aquéou d'aoutreis fés oourié la préféranço;
Per soun arrangeament noun marqucount lou progrès,
Qué malhérousament dégénéro en excès.

Es a qu'u fara maï lou dimenché, leis festos,
Quand foou sé ben para, la ren qué leis arrestos.
Quand si van prouménar, qué siégué proché ou luen,
Li perdrias vouesteis hueils qué counouiria déguen.
Qué viou dou révengu qué li rendount leis pettos,
Voudrié suivré lou ran d'artisano et grisettos.
Tout parté d'aquéou point qu'es lou plus dangeïroux,
Monté vent sé dounar lou coumbat vanitoux.
Sé régardo plus ren, fant la guerro à sa bourso,
Per rouda leis marchans, leis vias si mettré en courso.
Vouélount doou magasin tout cé qu'ant dé plus béou,
Fa ren qué siégué chier, pourvu qué siech nouvéou.
Foou leis veiré bouffar, quand passount per carrièro
Habiados dé noou d'uno estofo premiéro,
Croumpount à la chùt, chùt, si va fant descoumdoun.
Lou païré, per pagar, si curo lou boussoun ;
Es pas senso sujet, quand l'oousé qué craniho
En sorten soun argent per countentar sa filho,
Quand fourrié lou garda per un plus grand bésoun,
Qué dédins soun oustaou lou méno d'esquichoun.
Aquello pousitien arresto pas la frémo
Qu'es remplido d'orgueil, qué la glori counsumo,
Oou countrari, li dich : qu'es ensin qué va voou
Quand magearien tout l'an de sébo et dé faïoou,
S'agissé pas d'acot, quand vent leis élégantos,
Aquellis, qu'à tout prex, vouélount estré charmantos;
Counouissudos partout, per filhos doou pessu,
Qu'oou lué dé l'artisant, préfèrount lou moussu,
Creirien dé trabaïa countro soun avantagi,
S'anavount si prouvis eis marchands doou villagi.

Va troubarien trooup bas; alors, per fa soun faï,
Cerquoun leis magasins dé Marsilho et d'Azaï.
Eis raoubos dé satin dounoun la préférenço,
Senso counsidéra soun rang ni sa naissenço.
En va croumpant, vous dient : coumptant nouesteis escus,
Senso nous occupar de mounté sount vengus;
Siech per cric, vo per croc, per maï, vo mens d'adresso,
Béni sié lou mouyen, qu'a fa nouesto richesso.
Croumpans cé qué voulens, passans dé jours huroux,
Et tampis per aquéou qué n'en séra jaloux;
Qu'u per gaïré dé pan mettra largeo servietto,
Veïra véni lou jour qué cerquara la mietto.
D'un ben estré qu'avès, siéguès pas orguilloux,
Pourrié ben vous manquar per dé temps malhéroux;
Mettès dins vouest'èsprit : qué la ges dé mountado,
Senso qu'à soun rétour agué sa dévalado.
L'homme, dins cé qué fa, qu'agué sa libro actien,
Qué siégué pas jamaï l'esclaou d'uno ooupinien,
Aquello dé chacun, quoiqué siégué sacrado,
Quand la poussa trooup luen es gaïré respectado.
Sé la moudératien poudié régnar sur tout,
Troubarians fouesso maï dé braveis gens partout.
Aqueou qué counouissès qu'a pas bouéno franchiso,
Qué changeo d'ooupinien ooutant qué dé camiso,
Qu'es orguilloux, brutaou, qué manquo dé respect,
Duvès lou régardar coum'un hommé suspect.
Aquéou qué, per un ren, à chasqu'instant cancano,
Qué dédins soun esprit logeo qué la chicano,
Qué voou faïré desclat dins l'espouar dé troumpar,
Quand vous tiras l'uen d'éou poou pas vous attrapar.

L'usurié qué voudrié doublar soun capitaou,
En prestant soun argent à n'un taux illégaou,
Sérié mooùdi dé Dieou et dé seis créaturos,
Récébrié chasque jour dé ménaços , d'injuros.
Aooutant qué va pourrés, soulageas lou malheur,
D'un acte benfésen sentirès lou bouenheur;
Aquéou qué guido tout , per aquello despenso,
Vous gardo dins lou Ciel sa grando récoumpenso.
Aquéou qué dins la nuech volo lou magasin
Durara pas longtemps, fara marido fin.
Tout sé dit, tout sé soou, surtout dins lou villagi,
Qué quand sé fa qu'un pet douno dé bavardagi.
Dins lou parla public s'expliquount pas soun noum ,
Poudès pas vous troumpar, vous lou désignount proun.
Foout dé nouesté veisin respectar l'heirétagi,
Qué soun païré, en mouren, la leissa per partagi ;
La justici va voout, lou bouen sens vent après,
Es lou milhour mouyen d'évitar leis proucès.

LA MARIDO FÉ.

Sur la marido fé n'en pouédi pas trooup diré ;
Deis marris sentiments crési qué siech lou piré ;
Se li poou pas pensar un instant dins lou jour,
Senso qué n'en aguès uno certaino hourrour.
Aquéou qué, per malheur, n'a soun amo attaquado,
L'envejho de troumpar quitto pas sa pensado;
Counsidèro dégun, ami, parent, vésin,
Lou grand et lou pichoun, la véouso et l'orphelin,
Quand voout leis attrapar, leis flatto, leis cajolo ;

Dins tout cé qué li dich, s'expliquo en parabolo,
Per aver cé qué voout, sé leis fa counsenti,
Espéroun pas longtemps per sé n'en répenti;
Es un genro dé vol qu'es basa sus lou vici,
Lou fa senso tramblar, crigné pas la justici.
Per pousqué l'escapar, estudié leis détours,
Et puis la prescriptien arribo à soun sécours.

LA DÉVOUTIEN.

Aquéou qu'es trooup dévot, aquéou qué ves pas proun,
Senso justé-mitan, despassount la raisoun ;
L'un dien qu'a gés dé fé, l'autré qu'es hipocrito,
Ant perdu touteis dous la counfiançço publiquo.

LA PRESOUMPTIEN.

L'homé présoumptuoux, vo lou marchand dé croyo,
Passo dins tout pays per uno bouéno voyo;
Quoiqué counouissé pas qué v'un et v'un fant dous,
Discuto à chasque instant d'un ton impérioux,
A n'un marri journaou quand voout douna la voguo,
S'entouro d'ignourens, li fa lou pédaguoguo;
Foout pas estré surprès qué parlé dé rébous,
Lorsqu'en liégen dex mots, n'en a coumprès qué dous,
Vaqui per quaou mouyen soustent sa politiquo,
Per si faïré applooudi d'uno certaino cliquo,
Qué proufito à soun gra dé soun esprit creiréou ,
Qué ren qu'en lou flattant, fa tout cé qué voout d'éou.
Es savent, sé va creï, perdé jamaï couragi;
Quand voou cé qu'a pensa, va défendé émé ragi ;

La furour dé parla l'oougmento sa passien,
Et réculo jamaï davant la discutien.
Quand parlarien doou ciel, dé la métamorphoso,
Dé la réalita, dé la métempsycoso,
Doou premier pécadou, doou jugeament dernier,
De Christoflo-Colomb, dé Buffon, dé Cuvier,
Soun esprit cesso pas dé battré la campagno,
Fa toutis leis mouments dé castéoux en Espagno;
Vouyageo dins leis airs, doou Japoun au Pérou,
Per creiré cé qu'es pas, là dégun dé tant glou;
A seis dous hueils braqua sus la magistraturo,
Voudrié mettré lou nas dins uno préfecturo;
Sé creirié ben plaça, sèro réprésentant,
Embassadour, counsul, ministré, chambellant.
Voudrié tamben mountar sur leis marchos doou troné,
Va dévinas d'abord, quand l'oousé fa soun proné;
Rey, noun va sérié pas, coumbatté lou tyran,
Aimo maï millo fés quu nous lèvo lou pan;
Per diré dé maoou d'éou, dé tout cousta bavardo,
Vous traouco lou cervoou dé sa vouas nasiardo.
A la fin, qu'es qu'a dich? provo qu'es un nigaou,
Que parlo qu'a l'hazard, per faïre fouesso maou.
Aquéou qu'es ignourent, qué voou faïré l'habilé
Proun dé fés es méchant, et toujours imbecilé;
Quand per d'autré es jugea, d'Evesqué vent moounier,
Ben huroux quand sera bédo, vo campanier.

LA LIBERTA.

Poudens pas diré noun, liberta, que sies bello;
Brilhès d'un grand esclat, dins toun èro nouvello,

S'ooujourdhui vingt natiens te réclamoun ben luen,
Es per ana régnar sur lou poplé coumun.
Sies mandada doou ciel, sies fillo moudérado,
Partout mounté séras qué siégués respectado !
Sé t'aïmoun, coumo dien, per qué visqués longtemps,
Foout qué suivount teis pas coumo dé braveis gens.

L'EGALITA.

Quu voout l'égalita dins la forço doou mot,
Sera counsidéra coumo fouel, vo ben sot.
En tout, coumo pertout, existo uno distanço,
Qué nous marquo, eu naissen, la lei dé l'existanço.
Sé suivians leis avis deis Proudhon, deis Leroux,
Sérians, n'en douten pas, fouaesso plus malhéroux.
Fourrié viouré en coumun, vo faïré lou partagi,
Alor, lou poplé Franc sérié vengu soouvagi.

LA FRATERNITA.

Quand Diou nous a més sur la terro,
Entendié qué jamaï sé faguessian la guerro ;
Et per afin, surtout, qu'aimaissian lou trabaï,
Diguet : Ajudé-té, qué you t'ajudaraï.
Quu voudra proufitar de la vido éternello,
Aïmara soun prouchain d'amitié fraternello ;
Li dounara sécour, quand vendra l'ooucasien,
Senso counsidérar lou rang, ni l'oupinien.

EIS OUVRIERS.

Ouvriers, sias leis enfants dé la classo mouyeno,

Parlas haoout, parlas franc, ooujourd'hui ren vous gèno ;
Dé vouesté indignatien mesprisa leis Proudhoun,
Qué dé vous avuglar, crésoun d'aver lou doun ;
Voudrien vous attirar dins lou soucialismé,
Aquélis sectatours, qué prêchoun l'athéïsmé ;
Prouvas li fermament qué sias naïssu chrestians,
Qué per tout cé qué dien changeas pas dé penchans ;
Qué souestendrés doou Christ la souletto doctrino,
Sentirés leis effets dé sa bounta divino;
Quu voou viouré et mouri, per une bouéno fin,
Siégué persévérant, là pas d'aoutré camin,

OOU LECTOUR.

Lectour, dins cé qué diou, sé faou bouéno mésuro,
Espéri qué dégun voudra m'en faïré injuro.
Quand sé fa per lou mies, et surtout per lou ben,
L'on poou facilament vous passar quoouquaren.
De ma pèço dé vers, quu la liégé ou l'escouto,
Quand voudra marchar plan, qué n'en suivé la routo.
Faguen pas coumo aquéou qué viou qué per l'hazard,
Tout cé qu'es dé César qu'appartengué à César ;
Per dé mouyens ségur élévens la familho,
Qué récuilhé lou fruit dé nouesto économiho;
Per qué nouestis enfants crignount pas un affront,
Foout li gagnar soun pan à la susour doou front.
Tracens-li lou camin qué meno à la sagesso,
Es, senso contrédit, la plus bello richesso ;
Qué quand trespassarens, sé lei laissan mesquins,
Siégoun pas régarda coumo enfants dé couquins.

ÉPITRE

Adressée à M. Pierre Bellot, poète à Marseille.

☺

Leis amis deis amis
Sount toujours leis amis.

Bellot ! moun cher Bellot ! n'ai plus gés de ratello,
Despuis que m'ant douna l'agréablo nouvello,
Qué vendras quaouqué jour, arma coum'un sapin,
Dins nousté tarradou faïré un cooup d'escarpin.
Quand seras arriba, se voués courré la lébré,
En bagnant la camié, pourriés prendré la fèbré ;
Voudra mies ly cassar bédouido et quinsoun,
Pouletto, darnagas, tamben lou bécassoun.
Veiras à chasqué pas, tout lou long dé ta routo,
Grand noumbré de cuous blancs, quilhas dessus la moutto,
Caillo, tourdré, vaneou, enfin de tout gibier
Pourras, senso susar, té rempli lou carnier.
Arribo ! véné léou ! coumo qué vougués faïré,
Foout qué vigui l'ooutour doou poèto cassaïré ;
La déja proun dé temps qué n'en siou désirous,
Voudriés pas mé privar d'aquéou moument huroux !
Sur teis veillos viou ben toun aimablo figuro,
Quoiqué soou m'agradar, n'es jamaï qu'en pinturo ;
Aquéou charmant dessin qu'a dé traits expressifs,

Es lou type parfait dé teis mouments pensifs.
Hueils grands, remplis dé fuech, testo dévéloupado,
Mounté va sé lougea la superbo pensado,
Qué dins chasqué pays fa retenti toun noum,
Et l'assuro à jamaï lou plus grand deis rénoum.
Qu'es aquéou, te diras, qu'à péno sé fa entendre ?
Soun noum m'es incounu, pouédi pas lou coumprendré;
Mé semblo qu'a l'accent d'un paouré villajouas,
Qu'a vougu mi cantar d'uno trooup faiblo vouas.
Sé despuis quaouqué temps m'a douna soun estimo ,
Pourrié mé va prouvar senso empléga la rimo ,
Dins un sens ambigu, ni français, ni patouas,
Li douni per counséou dé fairé un aoutré chouas;
Aquéou dé riméjhar, quand mémé sé l'appliqué,
Fara pas dé progrès dédins l'art poétiqué.
Eri persuada, qu'en liégen moun début,
A toun premier cooup-d'hueil, anariés drech oou but:
Es veraï, la longtemps qu'habiti lou villagi,
Tout naturellament n'en parli lou lengagi,
S'abordi, coumo viés, l'homé qu'a dé talen,
Siou d'avanço assura qu'es un homé indulgen.
Té diraï franchament : qué ma muso, pécaïré,
N'a pas d'ooutré talen qué l'amour dé ben faïré;
Jamaï sa faiblo vouas, faousso coum'un jitoun,
Agantara lou toun per ben cantar tou noum.
Amis dé meis amis, ben digné d'aquéou titré !
You, tamben, siou lou tiou, vas n'en estré l'arbitré.
Vougués ben mé prestar plus qu'un paoou d'attentien,
Dins un pichoun moument veiras dé qués questien.
D'un chant armounioux as canta la fénianto,

Doou terraïré Aooubagnen, villo deis plus charmanto;
Tamben teis bons amis, Nouvéou, Magnan, Moounier,
Touteis trés sount leis mious , et surtout lou dernier.
Despuis qu'érians pichouns, s'aïmans coumo dé fraïré,
Pensi qu'acot soulet pourra té satisfaïré.

———

Coumo Gros, Dioûloufet,
D'éternello mémori,
Toun ouvragi parfet
Embellira l'histori.

Votre très-humble et très-dévoué serviteur ,

B. CAILLAT.

Berre, le 28 janvier 1850.

———————

A Monsieur J.-B. CAILLAT , poète à Berre.

MONSIEUR ET CHER POÈTE,

J'ai reçu, avec une vive reconnaissance , la spirituelle
et charmante Epitre en vers provençaux que vous avez eu
la bonté de m'adresser par M. Léon , notre ami commun.

Je regrette seulement de ne pouvoir y répondre qu'en
mauvaise prose ; mais vous m'excuserez , lorsque vous

saurez que ma santé exige que je m'interdise pour quel-
que temps de parler le langage des dieux.

> Quand lou poèto a vis passar soixanto hyvers,
> Quès tou esparoufi, qué fa casi la paoumo,
> Qué lharén d'un mouissoun vo d'un tavan l'enraoumo,
> Foou qu'empailhé sa muso, et fagué plus dé vers.

Cependant, votre serviteur ne fera pas ainsi, car il se
propose de publier, prochainement, une dernière édition
populaire (en 8 ou 10 volumes petit format.)

J'espère que les amis de nos amis me prêteront leur
concours pour cette dernière publication.

J'ose espérer, charmant poète, que vous voudrez bien
vous charger de me faire quelques souscripteurs dans vos
riantes contrées. Mais, pour commencer mes travaux
littéraires, j'attends que le printemps soit revêtu de sa
riante tunique verte, et vienne réveiller ma muse en-
gourdie.

> O, quand veïraï l'hyver fugi destou rivagi,
> Qué d'un tapis giéla cuerbira plus lou soou,
> Qu'ousirens, dins leis boués, lou chant doou roussignoou,
> S'avant la mouart vent pas m'estrigné lou gavagi,
> Deis Dioux ti parlaraï lou sublimé lengagi ;
> Maï séra per lou dernier coou.

En attendant, mon cher poète, le plaisir d'aller à Berre
pour vous serrer la main,

Veuillez recevoir l'assurance de mes sentiments
les plus distingués, et me croire

Votre tout dévoué serviteur,

PIERRE BELLOT,
Rue Noailles, 15.

Marseille, 31 janvier 1850.

LOU CASTEOU DÉ GORDES

PROCHI L'ESTANG DÉ BERRO.

—

A MOUSSU DÉ PLUYETTO,

MEMBRÉ D'OOU COUNSÉOU D'ARROUNDISSAMENT D'AZAÏ.

—

Sur leis bords dé l'estang, tout prochi d'un villagi (1)
S'aperçuvé un casteou qu'es entoura d'oumbragi ;
Lou passant es ravi d'aqu'éou sito charmant,
Qué lou roussignoulet embellis dé soun chant.
L'aïguo d'un grand rayoun qu'arroso la countrado
Arribo sur seis bords, sé li perdé en cascado ;
Leis aoubrés dé soun parc soun béou dé majesta,
La cimo, vers lou ciel, s'élèvo émé fierta.
Quand arribo lou temps, qué l'aoubo printaniéro
Destapo leis béoulas de la naturo entiéro ,
Leis flours toutis ensem d'aquéou riant séjour
Respendoun lou parfum d'uno agréablo ooudour ,
Lou parpailhoun loougier, quand lou souléou pounchéjo,
A pas puléou lusi qué d'abord foulastréjo ;
Et Zéphir, l'amouroux deis élégantos flours ,
Li fa lou tourdoulet per raoouba seis favours.
L'admirablé tapis d'uno verdo pélouso,
Attiro lou bergier qué souvent la jalouso,
L'approcho sooun troupéou, en la guinchant dé l'hueil ;
Maï quand voou l'attaquar se présento un escueil ;

(1) Berre.

La troou grando espessour d'uno longuo baraïgno
Lou forço d'alunchar, en li dounant la caïgno.
Doou pégin, fendé l'air dé soun rédé bastoun,
Qué mando sur lou flanc de soun guido moutoun.
Dins aquéou bel endrech, dessouto lou fuilhagi
Prouméno cadé jour un savent persounagi ;
Vous lou-cacharaï pas, dé Pluyetto es soun noum,
Sa grando moudestié l'empacho soun rénoum ;
Aqui, silencioux, bressa per l'espéranço,
Cerquo, dins l'avénir, lou bouenhur dé la Franço,
Qué s'atrobo escoundu souto lou soumbré niou,
Qué per lou fa fugi fourra la man dé Diou.
Veni dé m'estravia per manquo dé pratiquo
Dins leis dificultas dé nouesto politiquo,
Rétourni sur meis pas émé maï d'attentien,
Per suivré lou drayoou dé ma narratien.
Coumo vaï déja dich, sa grando moudestio
Escoundé à nouesteis hueils cé qué fa soun génio ;
Cépendant, per ma part, m'a douna l'aoutré jour,
Leis admirablés vers qué mé fant tant d'hounour.
Soun stylo tant floury qu'es frès coumo la roso,
Soou charmar lou lectour siégué en vers, siégué en proso ;
Aoussi cadun es glou dé veïré lou moument,
Qué n'en cachara plus cé qué poou soun talent ;
Pourra parti d'aqui , senso la mendro péno,
Per anar flatéjhar la vielho sœur d'Athéno ; (2)
Creissira lou mouloun d'aquélis saventas,
Qué l'anaren cerqua per li dounar lou bras.

(2) Marsilho.

A Monsieur CAILLAT,

APRÈS AVOIR LU LES VERS QU'IL A BIEN VOULU ME DÉDIER.

———

Je ne suis pas poète et ma main inhabile
N'arrache qu'avec peine une rime au hasard :
C'est le ménétrier qui d'un archet débile,
Ecorche en souriant Beethoven ou Mozart,
Toi, ta muse à la fois française et provençale,
Se plie avec succès à des accords divers,
T'inspire des couplets, te dicte de beaux vers
Qu'approuve la raison, qu'applaudit la morale.
. . . .
Les nobles sentiments qui conduisent ta plume
Me rendent glorieux d'être loué par toi :
Le feu qui dans nos cœurs à tous les deux s'allume,
En sortant de ton âme a rejailli sur moi.
Ouvrier, tu comprends que le bonheur se trouve
Dans l'ordre, le travail, le devoir et la foi :
Tu ne demandes pas, et ton labeur le prouve,
Le droit de ne rien faire en vertu de la loi.
Laissons aux Montagnards la sombre politique
Qui sème la menace et recueille l'effroi ;
Les principes sacrés que tu mets en pratique
Tu les défends en maître, et je me joints à toi.
Marchons donc réunis, et que notre alliance,

Dispute le terrain qu'usurpent les méchants.
Nous sommes ignorés, mais chaque enfant de France
Apporte à son pays dans ce jour de souffrance,
Le soldat son fusil, le poète ses chants.
Puis, viendra ce grand jour pour lequel chacun prie,
Ce jour qui brillera comme un feu solennel,
Ce jour qui guérira les maux de la patrie,
Et qui résonnera dans notre âme attendrie
Comme un concert divin, comme un hymne éternel.

E. DE PLUVETTE.

Gordes, près Berre, 6 octobre 1849.

CHANSON

Chantée par des amis tranquilles.

AIR NOUVEAU.

Qu'es béou lou jour qu'eici noun vis ensemblé !
A nouest'avis n'en a gés dé tant béou !
Qué l'amitié souvent nous li rassemblé,
Per fa lusi sur naoutrés soun flambéou !
 Approuchas-vous, jouinesso ;
 Siéguens touteis unis ;
 Per dé chants d'allégresso,
 Esgayen lou pays !

Leis jouineis gens, quand oou chant, à la danso,
Occuparan seis moumens dé lésirs,
Dins lou mitan d'aquello jouissanço,
Rescountraran d'agréablés plésirs.
 Approuchas, etc.

Foou proufitar deis moumens dé la vido ;
Car, tout s'enva sur leis alos doou temps,
Dins un clin-d'hueil, tamben la mouar perfido
Poout vous ravir dédins vouesté printemps.
 Approuchas, etc.

Siéguens pas sourds à la vouas populari,
Quand l'entendens qué nou flatto et nou dis :
Amusas-vous, noun dounés pas d'esglari,
Vous suivirens , per mies vous applooudis.
 Approuchas, etc.

Sé quaouqué jour, abusant dé nouest'àgi,
Vésian véni lou fouis, vo lou méchant,
Nous excitar per troublar lou villagi,
Dins lou moument, fens l'oousi nouesté chant.
 Approuchas, etc.

Sian bouens amis, eici ren sé déguiso;
Tout cé qué dian parté doou foun doou couar.
Superbo unien té voulens per déviso;
Nous quittés pas, véné noun faïré fouar !
    Approuchas, etc.

Coumptan sur tu, dins chaquo circounstanço;
Maï qué jamaï dins un temps malhéroux,
Té grouparen émé persévéranço ;
Es lou mouyen qué poou noun rendré huroux.
    Approuchas, etc.

Pourriez coumptar sur leis amis tranquillés,
Sé lou pays èro dins l'embarras ;
Dins lou bésoun, afin dé l'estré utilés,
Vendrien l'oouffri soun couragé et soun bras.
    Approuchas, etc.

CANSOUN

Foou viouré en pax per viouré huroux.

AIR NOUVÉOU.

Guida per l'amour dé ben faïré,
Dé jouéneis gens destou pays,
Senso crégné dé li desplaïré,
Aou public dounoun soun avis ;
Em'uno counviclien intimo,
Venoun l'oouffrit d'un chant jouyoux
Aquéou refrain qué leis animo :
Foou viouré en pax, per viouré huroux.

Jouissens dé la rénoumado
D'uno grando tranquillita ;
Qué toujours siégué régardado
Coum'uno grando vérita.
Sèro troublado per l'ooudaço
D'un méchant, d'un ambitioux,
Crignens pas dé li diré en faço :
Foou viouré en pax, per viouré huroux.

Aquéou qu'envéjho l'anarchio,
Nourri dé sinistrés proujets,
Rédouto qu'uno monarchio
Vengué destruiré seis effets.
Chasqu'instant li troublo soun amo,
Aquel homé tant dangeïroux
L'esfraï lou tourmento et l'enflamo ;
Foou viouré en pax, per viouré huroux.

Aquéou qué viou dins l'opulanço,
Quand distribuo soun benfach,
N'en ressenté uno jouissanço,
Aou found dé son couar satisfach.
Per soun acto dé benfésenço,
Dins lou séjour deis benhéroux,

Diou li gardo sa récoumpenso ;
Foou viouré en pax, per viouré huroux.

Quand lou soldat vent dé la guerro,
Cargua deis loouriers qu'a cueilli,
Es lou plus huroux dé la terro
Quand d'amis venount l'accuilli.
En arribant din soun villagi,
Raconto seis traits valéroux,
Chascun admiro soun couragi,
Foou viouré en pax, per viouré huroux.

La naïvo pastouréletto,
Après qu'a garda soun troupéou,
Emé soun chin et sa houletto
Lou souar quand rétourno oou haméou,
Leis bergiers d'aquello countrado,
Dins lou déliro lou plus doux,
Vènount festar soun arribado ;
Foou viouré en pax, per viouré huroux.

Quand lou galant, per sa mestresso,
Aou pra va cuilli lou muguet,
Sé d'ello oubtent uno caresso
Quand lou plaço sur soun corset,
La joua pénètro dins soun amo,
N'en dévent qué plus amouroux,
Brulo d'uno nouvello flammo ;
Foou viouré en pax, per viouré huroux.

Amis, qué la bouéno harmonio
Résidé dins nouesté pays ;
Qué sa sœur, la mélomanio,
La suivé per nous réjouis !
Qu'oou mitan dé la jouissenço,
Dégun dé naoutrés siech jaloux ;
Vivens dé boueno intelligenço ;
Foou viouré en pax, per viouré huroux.

FIN.

www.ingramcontent.com/pod-product-compliance
Lightning Source LLC
Chambersburg PA
CBHW061608180626
46818CB00005B/1995